巨人ノ星タチ

神尾和寿

KAMIO Kazutoshi
KYOJIN no Hoshitachi

思潮社

巨人へ星々へ

[illegible]

[illegible]

巨人ノ星タチ

神尾和寿

思潮社

装幀　倉本修

目次

巨人ノ星タチ

イチモツ君

1

頭の上でイチゴやら葡萄やらキウイやらがふんぞり返り
胴の周りをパリッとしたチョコレート塀が取り囲み
足元ではザクッとしたクッキー畑が広がり
腹の奥底に踏み入ればイチモツ君が焚き火をしている

で

そんなものが六百円以内で売られている

誕生日になると
買って　食べる

2

忍者が消えて
どろんは残る

独り歩きし始めて
暖簾をくぐる

頃合いの年になったからといって
どろんに縁談を持ってくるひともいるよ

3

スズメの学校の
校長はスズメ
用務員さんもスズメ
チュンチュンであることに
問いはなく
学ぶばかり
飴も鞭も
昏々と眠ったままに

4

大粒の涙を浮かべながら

みじん切りにした玉ねぎを
飴色を通り越して
真っ黒になるまで炒めるに
退屈せぬように
思い出のアルバムを開いたところで
肉を投入するタイミングなのですが
馬でも鹿でも世間では許されているのですが
ここは
断然　ウシですと
美しい女王様は

聞く耳もちません

5

豆をぶつけられて
逃げ出すオニに
話しかけるな

6

編みものを編むのが好きの好きの好き
サスペンス・ドラマは見なくてもかまわない
編み上がったセーターはすとんとばらしてはじめからもう一度
編みなおすくりかえす大火事さえ起こらなければ

7

こいびとはいつも優しかった
ぼくが

試験に落ちた　午後
お茶を入れてくれた

強盗をはたらいても
警察に　黙っていた

8

この突起を指で押せば
「あっ」という声が漏れる
たのしい肉体
朝から晩までいじっていたが
少し飽きてきたかもしれない

9

五年後の春に
山は笑わず
それでもスクーターは町を通り抜けて
新しい季節の言葉を届ける
カミナリ親父怒ラズ
母は赤子をおぶらず

マリたち。

1

洗濯ものが山積みだ
雨降りが続いたからである
明日　晴れたらいいな
ぼくは生きている
ふんどしとブラジャーが汚れている
ぼくらが生きている

2

渥美マリ、辺見マリ、夏木マリ、そして真理アンヌ。
マリたち。
マリたちが、
校舎の屋上から、
真っ赤に燃えながら、
今日も何事もなく下校していく生徒の背中を見送る。

3

歩き出せば
前後左右に色とりどりの家が立ち並び
その窓のひとつひとつに
石をぶつけて
割っていく

誰も怒らない
誰も
もう住んでいないのかもしれない

4

あ（いさつの）
あ（だけ残して）
あ（とは省略）

5

この土地は寒いから
踊ろう歌おう手を取り合おう
最新のスマートなナンバーから始まって
盆踊りから
太古のステップまで
ぼくらすべての記憶のままに

6

都々逸を

習おうと思う
教えてくれるところを調べると
考えていたよりもお金がかかる
ことが分かる
教えてくれる人は
どんな顔をして飯を食うのだろう

7

豆腐屋の娘は色白で
漬物屋の女房は浅黒く
炭屋の倅の顔面はもっと黒かった
この三件の報告から推し量ってみるに
株式投資で飯を食うと言い放った　あの新婚夫婦一家の
今後は
いかに

8

ちちははは
読みづらい

9

表現をまちがえてしまった
手紙に封をしたあとで

迷わずに
ポストに投げ込む

あの人のことだから
頭のよい

あの人に宛てたものだから
心の澄んだ

豊島園昇天

1

カンニングをしてもかまわないのじゃないか
そもそもひとをテストすること自体が破廉恥
だろう　隣の席の美少女の下着の中に正答を
ぼくは見る　それは

おおむね予想していたものではあったのだが

2

明るい春の日に
公園のシーソーに跨って
一緒に弁当を食べている
アバタさんにエクボさん
ふいに発生したときから大の仲良しである　という

3

一夜にしてキュウリで城を築く
コオロギが攻めてくる
からしを塗りたくる
それでも宿敵は一歩も引かない
なぜかしら

4

ロイド眼鏡は誰がかけるのか
辞書に教わる
木曜日

5

俎板の上の鯉が堕落をして
二度三度と命乞いを重ねて
まあそんなものかなと板前は包丁を舐め
昼間の失敗を思い出して客は盃を舐めて

6

人魚問題　を前にしては
ヒューマニズムはものが言えない

7

湖面に浮かぶ

スイーツ
すいか
水族館
数寄屋橋
スカンジナビア民謡
すべからず　過度の勉強を
好きも嫌いも彼岸まで
すったもんだの挙句

8

聞く耳を持たなくなっているのだろう
「帰ってこーい」

9

ジェット・コースターでは
絶叫して
回転木馬で
口説きにかかる
乗れるものとあらば
次から次へと何にでも乗ってみる
豊島園は
本日でおしまい

三銃士

I

　世界は
三銃士の話題で持ち切りだ
「ごめんよー」とあいさつしながら
床屋さんのとびらを開けば
誰も振り向かない
「ぼくの頭は
　これからどうなってしまうのだろう」という
祈りにも　似た
独り言
僕自身もいつのまにか聞いていていない
椅子に座って　ふんぞり返ってみた
あれから

いつから

2

「ああいやだいやだ」が
口癖の男が　歩いていく
産業へと　続く道
羞恥を知らない道

3

ひげを剃らない
ベルトを締めない
ズボンを穿かない

手形を切らない
たかをくくらない
いないいないない　バーもしない

馬の耳　に
猫の手
火のないところには

しょっちゅう噂を立てろ　あいつの
肉体には重大な欠陥があり
ポケットの中では三銃士を飼っている　らしいよって

4

蕎麦と饂飩　の両方が出来ます
蕎麦の方は手を高く挙げてくだ

5

新婚時代は
急激に運動不足になったような気がしたの　それで
夕暮れになったらキャッチボールをしようではないかと提案をしたところ
野球のことなんか全然知らないままに　いいよと答えた妻
の事情のことなんか全然
知りたくない
ままに

とっては投げ
とっては
投げの
おおらかで泣きたくなるような時代なのであった

6

わがままなんだってね

神田の生まれよ

それじゃあ　たらふくケーキを喰いねえ

（プリーズ）

7

十人十色でありまして　解散しようとしたならば
十一人目が産まれたの

みるみるうちに　八百万人にふくらんで
もうとても数え切れない

何も言いようがない　むしろ
口笛でも鳴らそうか

上を向いて歩こう　骨まで愛して（くれるのならば）
向上心に形而下の激情

さて次の曲こそ
とっておきの曲

8

みどりの反撃
モスキートゥ
本日はラッパ
ぼくの大事な
おさげ髪ほどけてとりかえしのつかない
御徒町麹町《おかちまちこうじまち》いうことをきかないおまわりさん

9　三銃士の内の

二人はゆっくりと死んだ
一人は突然に死んだ（この英雄のことを仮にポールさんと呼んでみる）

ポールさんが死んだその瞬間に
あとの二人はピンピンしていて
お通夜にも本葬にも参列した
涙を流した

ハンケチをにぎりしめた

二〇一六年から二〇一七年にかけての　宇宙への旅

1

ひとつ　家を建てたい
ぼくには理想があって

窓はふたつ　猫がさんびき
応接間のまんなかに灰皿が置かれていて
いつも煙がもくもくと湧き上がってくる
クリスマスを過ぎてもお正月を迎えても

2

ハルさんは
洗濯が上手

ハルさんは
料理が苦手

アイロン、漂白剤、お玉、刺身庖丁、ネクタイ、
マサカリ、文鎮、ワッペン、塩、胡椒、ラムネ、
これらの中に
本当に思い出の品は　ひとつだけ

3

もうじき誰かさんに抱っこしてもらうようになるのだからね
このままぶくぶくと太っていったら運んでもらえないからね

4

ニッチとサッチが相談を　して
まとまらない　地震が起きても
火事になっても　電信柱の影で
じっと待ち続けている人がいる　その人
のことも心から褒めてあげても
いいのかなどうかなさっきから
相談

5

美味しそうなソフトクリームを
ぼくは　見つけた

握りしめたらお金が足りない
青ざめる　腕を組んで思案する

断念するか　かっぱらうか
何事もなかったかのように　記憶を消すか　ぼくを失《な》くすか

その間にも　地下では
必死の救命活動が続いている

6

或る日のこと。
愛車が反乱を起こす。

ブレーキを踏めば急発進。
ハンドルは右往左往。
身の上話は出鱈目。

これではいつまでたっても会社に着かない。
きっと
いけないことなのだろう。

7

綾瀬はるかに似た
いじめっ子が　お昼の三時に我が家を訪れる
妙に思い詰めたような
顔つきをしている
お茶と
ケーキの切れ端でもてなしてあげる
それをつまむ指の
爪の色がきれい
お別れの挨拶が告げられて
世の中はすっかり薄暮
今日はいじめられなかったのだなぁ
と
つぶやいてみて
歯を磨いてから
わたしはいつもどおりに寝床の中へ

8

覚えられない複雑な漢字を前にして

赤面する少年に
恐喝を繰り返す少女

9

世界には　屋根がない
全部が
マルゴトマルミエ
ぼくが生まれてくる前から　ずうっと

ウィーク・エンド

I

ひどい天気だねと
相棒がささやく
僕は
応えない
「真っ赤なポルシェ」を抜き去ったのは
ついさっきのこと
ハンドルを握り直して
前方を向く

2

焼海苔のような長い夜を過ごしたあとで
カントリーマアムのような月が浮き出た
両手を伸ばしてつかまえてぱかりと割れば
青春の匂い存分に漂う　ピノキオのようにぼくの鼻も
四角いカーテンを突き破って伸びている最中
記憶のなかの
初めての叱責

3

ひとつのこらずぜんぶちょうだい

4

地球上の完全に正しい人たちにいまだ狩られていない
魔女である

5

一本の髪の毛を摘まみ上げて歳月をかけて
切磋琢磨して眼には見えなくなってしまう
のだけれどもそれでも一本の髪の毛なのだ
と　だれかが言っているのが聞こえてくる
そういうものを
生産する機械

6

巨大なソフトクリーム　誰の口にも収まり切らない
食べ方が分からない　溶けて見えなくなって
無かったことに　なる前に
あちらからこちらから　つぶらな瞳が誕生して
思い出をぱちり　ぱちり

7

生まれたときからテレビを見ている
天気予報
当ったためしなし
刑事ドラマ
今にも真犯人が捕まりそう

8

年増の女は単独では存在しない
年増の女たちさりげなく一万人
雨の
日の
軒の
下に

9

月曜日になったら　急いで洗濯を

台風が襲来しても
家族が団欒していても
坊やが人知れず髭をたくわえていても

火曜日になったら　忘れずに買い物を

お金がなくても
車が壊れても
囚人がひとり残らずぼくの国から脱走した　としても

自分をたずねて三千里以上

1

公衆便所ですぐに見つかった
勢いよく小便をしていた
食堂でも見つけた
定食を注文してキャベツから先に食べる
アメリカでは
銀行に押し入った
その背後に　未熟な子分たちが続く

2

かかさず
牛乳屋が牛乳を配る
父親の消えた　早朝の各戸に
できるだけ
おし黙ったままに届けたい
自転車のペダルの音さえ打ち消したい　もの

3

毒蛇
お説教
通勤電車の錆びない線路
存在するものは全部ながいもの
ながいものにまかれてみたならどうだろう
酔っ払い
女神の膝の上に　吐く
謝らない

4

突如として近所に海が開ける
荒れている
噂には聞いていた
ひと泳ぎしようか

5

するがわんわ
するがのくにの
いつかく

6

建築が盛んな　ニッポンの首都で
東京タワーはスカイツリーのことを苦々しく思っている
赤門は雷門に亡き祖父母の面影を見る

きっと
他にもさまざまな意見や感情がたくさん埋まっているにちがいない
ぼくら　探偵になる

7

新しい靴を履いて
新しい歩き方

誰もが目を見張ると思っていたのに
うつむいて暮らす人ばかり

君はもう家に帰れない
どんどん　行くかい

胸を揺らして
足を青空高く放り上げて

8

となかいの　やうなものをば　ひきつれて

9

暗闇のなかで殺されし者を殺した者が
お縄を打たれて
われわれの家の門前を引かれていく

眼がおそるおそる追い駆ける

やがて
米粒のように小さくなって
細菌のように小さくなって
小さな思い出となって

もう
仕事にもどろう

恋と裏切りの季節

1

箱の中でセミが死んだ
カブト虫もクワガタも
揺籠にも棺桶にもなりうる大きな箱と
それさえも包み込むもっとも大きな箱
誰かが鍵を閉めた
ぼくは何処にいる

2

本物の冬そして　秋そして　夏そして　春そして
泳げない星空

3

夢がふくらんでいって
両親を始末した　妹の乳房にかくれて

くるくると目が回って
はちきれそうになって
底抜けに悲しくなって　もう
身が持たない

羽根が生えて
水を飲み

4

乙女になれたなら　と決意する
翌日には

恋文が届く
デートが提案される
辺りは俄にうす暗くなって
人気のない路地裏に吸い込まれる

5

筋肉
隆隆　の蝶蝶
想像　できる

6

積まれた階段を　一目散に駆け昇る
目の前に垂れている紐をぐいと引く
ファンファーレが鳴って　チキンライスの隣にあどけないスプーン
ところが
女
この女に
今から　仕えること

7

怒りん坊
はにかんでみせる

けちん坊にして甘えん坊
反論の余地はあるものの　押し黙ったままにやり過ごす

赤ん坊
隠れん坊
聞かん坊
添田唖蟬坊
のっぺら坊
木偶の坊
東尋坊
通せん坊
裸ん坊

坊の嵐
夕涼み

8

ベ・ラボーメ

すっ　と

こ　と

どっこい

と

9

始まったときから

あの花壇には　爆弾が埋まっている

忘れている

眠っている

腐っている

何かまた他の病気で　死んでいく

人間に失格して暗夜に行路する

I

もうじき
はたちになる娘
いまだ嘘を知らない娘
贈り物は何かと思案する娘が
暗黒街
ひとりぼっちで散歩
ハイヒールの甲高い音が
安らかに眠る人たちの耳のなかへ忍び込む

2

ぼくの

好きな楽器はトランペット
好きな朝御飯は甘い玉子焼
きらいな芝居は忠臣蔵
きらいな色は赤

好きにもきらいにもならないものを　探して歩く
まだ生きている

3

穴があったら
入りたい
トンネルを抜けるとそこは非のうちどころが無い雪国なのでありました。
美しい日本の
我
思う故に存在するアイドル
陥没し

4

矛盾大戦飯店の
一騎当千定食と人海戦術定食と
まるで双子のように

5

トラがハリコというのなら
ネズミだって　ウシだって
ハリコの動物園を訪れる
ハリコの　一家団欒
ハリコの火事が発生す　考えてはいけない
光るユニフォームに着替えて　さあ出動だ

6

やどかりはどこから
波の打ち寄せる海から
地方の電鉄を乗り継いで

陰気な雨がしとしと降り始めまして
庭のまるい石を舐めるように濡らしましまして
みとれていたら
とつぜん

7

どこかで
赤ん坊が我を忘れて泣きじゃくっている

絞め殺さなくっちゃと　走り出す
第一のおとこ
救い出すのだと　腕をまくる
第二のおとこ

俯瞰しながら
プロペラを回し続ける　流行りのヘリコプター

8

ミクロの決死圏で
第三の男が
アパートの鍵を貸しますので
君たちに明日はないでしょう

9

二十二世紀の地上は
またとない　花盛り

とても美しい花に
少しばかり美しい花に
そのひとつひとつに
ふさわしい名前を授けていく

二匹

1

食卓の真ん中で　直立する
簡単なコップに
なみなみと　悲しみがいっぱい

アメリカン・インディアンだったら
奇声を発しながら
夜通し　ぐるぐると回って踊る

この夏に発生した　セミの大群だったら
あのときの美しい君だったなら

2

はじめてお電話でお話をしたときから
とびきり美しいお声だと
感じていたのです
ですから
お会いした際にはひたすら目を伏せておりました
今も　寝床のなかで
遠くに思い浮かべているのです
この世にありえないほど美しいお声にふさわしい
お鼻やお口に
お谷間のこと
触れてはならないもののこと

3

コーヒータイムだ
コーヒーを飲んでいない人は　いない

4

柳の下にどじょうがいる
どじょうは二匹いる
一匹目は幸せになった
二匹目はどうなるのだろう
ぞくぞくと
見物人が集まってくる

5

イカモノだった　当時のことを思い出す
たくさんの墨を吐いていた

タコとは敵同士《かたき》だったのだが
ある非常識なタコ娘に惚れられて

ある情報を
尖った口先で囁かれる

タコ一族の存亡に関わる
決定的に重大な　情報を

6

メリー・ゴーラウンド。
はじめはその名前だけを知っていて
やがてはその実物に跨がる

メリー・ゴーラウンド。
呼吸を繰り返すようにゆっくりと快感を味わう中学生
一心不乱にたてがみにしがみつく高校生

メリー・ゴーラウンド。
はれて自意識が過剰となった僕
世界中のカメラに向かって正しく手を振る　就任の日の朝

7

霞か雲か
炭団か餡か
善人かお人好しか
冒険家ケン坊か

8

明かりを点けて　その下《もと》で本を広げる
一頁また一頁と　時計のようにめくる
できれば季節は　とても寒い方がよい
薬缶の湯が沸き　威張って誰かを呼ぶ

9

修学旅行の夜には
枕投げ合戦が勃発した
勝ったのだったか負けたのだったか
そのあとに訪れたのが初恋の告白タイムだ
馬鹿正直に私はM代の名を口にしたか
嘘をついたか
黙っていたのか

ほとんどのことは覚えていない
帰りのプラットホームに立っている

とっても大好き土左衛門

1

ピアノを煮る痴呆の鍋
一時間後に砂糖を投入
薬指を沈め味見し思案
溶けて焦げて笑われて

2

あさおきて
はをみがき
ひげをそり
清潔な君を軽蔑するに
いたった

3

カナヅチが
事故にあわず
病気にかからず
にいればかならず

いつかは　土左衛門になる

4

溺死者たちが浜辺に並べられた
ピアノの鍵盤に似ていると思う
そのためには巨大な掌が必要だ

5

世界中から
　スターが集まった

彼は歌い手
河馬並みの声量が国境を越える

彼女は踊り子
赤い靴を履かせたらもう止まらない

あの少年は薬売り
感激して卒倒した観客の口に特効薬を注ぎ込む

6

絵葉書が届く
諸悪の根源はなにかしら
突き止めてから
くるりと
引っ繰り返す
人間がいない
どこか遠くの外国の田舎の　風景だ

7

誰にも教えるな
一人も来なければ
そこで祭りが始まる

8

キミの都合で
どぶんと湯船に飛び込む

浪曲のようなものを唸ってから
ワタシを誘う
のも
キミの都合の内のひとつ

強弱をつけて愛撫をされる
三十分くらい続いて
ちっとも気持ちよくならない

世の中ってそんなもの
驚いている人はだあれもいない

9

穴のあくほど見つめてみたくて
穴があくまで見つめていようと

指輪になったダイヤモンドの場合と
こんにゃくの場合と

応援ヨロシク　と

おとめのいのり

I

砂のお菓子を　焼きました
さらさらしていておいしいな
トラックに積んで　売りに出る
北の国では財を成し
南の国で決闘に敗れ
射貫かれた　わたくしの
お骨を　誰かが焼いている
さらさらしていてかなしいな

2

あの人形もこの人形も大嫌いと
ダダをこねる赤子は
ダダイストでは
ない
ノ
精神

3

あの人は危ない人だよと　噂されて
小屋に住んでいる

その小屋の前を
毎朝　市民が通り過ぎる
眼鏡をかけて鞄をかかえて
通り過ぎる

だんだんと
足早になって

もう
完全に走り出している

4

ひとり
ふたりと
りんねしたぼくを
数え上げていって
羊はようやく眠くなってきた

5

胸をなでおろしたのも　束の間
新しい怪獣のお出ましだ

火を噴く
詐欺を企てる
服を着替えて
料理に取りかかる

ぼくは残さずに平らげないといけない
次の新幹線に間に合えば　よいのだが

6

林檎や桃のような
美人たちだけが戯れていた
はずだったのだが
注意して見てみると
葡萄のような
ブスが
民主主義のように混じっていた
貴重なものとして
仏壇の中央に奉られる

7

白衣に身を固めて
一日に数十人ずつ
おとめの心の音を聴く
それが仕事だから
早口で三十年後の運命のことを知らせる
絶望させて
泣かせる

8

よく分からないなあ
この年寄りの
言っていることはよく分からないなあ
身分不相応の
入れ歯のせいだけじゃあるまい
時々
高々と　こぶしを振り上げる
秋になって
トンボが飛んでいる

9

五本の指を用いて
穴を塞いでは
また空けて
笛を吹くのであった
思い起こせばこの夏はずっと
Kちゃんを喜ばすために笛を吹いていたのであった

転ばぬ先の

1

ツエが僕を救った
ツエが君を打った

ツエが台所の片隅で泣いている
後妻となったツエ

ツエの世界一周旅行
全員でツエを見送る

2

おいしいものをたくさん食べて
ほっぺたを落とした
美しい先輩

都会では　就職できなかったと
聞いている

3

心はゼリーのようだ。

毒々しい赤
歯茎に　ぴったりと寄り添う
安い
食べられる
子供らに人気

4

ソフトクリーム直結のレモンの輪のひと齧りによって
舌が痺れるように
憧れの天使が現実のスカートを捲《まく》り上げて
披露した性器は
焦げていた

5

弘法とサルと河童が水車小屋に集まって
慢心をめぐっての　反省会

途中から酒が入って
議論が錯綜す

一番鳥が鳴くのであった
明るい社会が再び彼等を待っている

6

コーモリや
クラゲのようであると
たとえられている人格とは

7

互いになぐり始めて
ボクシングなのかもしれない。

その間に髭の紳士が割り込んできて
ボクシングであらねばならない。

こうして暴力があまねく理解される。
たとえ結果的に半殺しの目にあわされようとも。

8

おもむろにレコード盤に針を落とせば
甲高い声で　演説が始まる

戦時中だというのに
彼は言葉を選ばない

ポンポンと
危険な単語が飛び出す
ポンポンといえば
蒸気船だ

真夏の夜の川面を滑りゆく

9

あまりに乱暴にたたいたものだから
潰れた　楽器

捨てたってかまいはしないのだけれども
今は我慢

お知恵を拝借

1

あの月でウサギは餅をつくのかな
電車を降りるとシュクジョは股を開くかな
ゾウはアリである
目を離した　ほんの隙に

2

黙って歩いていると　クマに襲われる
休むことなく太鼓をたたいて笛を吹く
これらの楽器はおばあさんからの贈りもの
天寿をまっとうした　おばあさんからの贈りもの

3

牛乳が満ちる牛乳瓶
はいはいしている赤ちゃんの絵柄

焦げた　コッペパン
一生分の乾燥

鯨か鯖か
（小学生にはむずかしくて読めない漢字）

完璧なる給食
それが済んだら　運動会の予行演習

赤玉を
準備しろ

4

猫の手を借りる
総動員である
足も借りる
幽霊の足を借りる
町の外れでお知恵を拝借する
総動員である
苦しい夢が
胸いっぱいにふくらんでいる

5

きみと一緒にいるときは
徹底して油断してみたい
出生以来の偏見を全部吐き出すから
罵倒してぼくを地中に埋めておくれ

6

好天に恵まれたなら引きこもって読書
激しく雨に打たれて農耕

無言で後ろから抱きつく
着物は左前

葬式によって誕生を祝い
子宮にて頓死

サヨーナラで
社会が始まる

7

丹精込めて製造したロボットのはずなのに
昨日から損得を訴えてくる
滝壺に飛び込めと命じても微動だにしない
これではぼくの無償の愛は

台無しだ

8

あれだけたくさんの字を書きながら
本当のことはひとつも見つからない

9

早朝の公園に出向いて
白い靴をばら撒く

いずれは　足が生えてくるはず
その時を待つ人生が

ぶらんこでゆらり
すべり台からするり

マサカリの季節

1

金太郎かキンタローか
どちらの表記がよろしいか
と　尋ねられた
窓口で
頭を抱えてうずくまる

マサカリの　季節

2

太鼓をたたくのが好きなので
太鼓をたたいていたら
隣の男がだんだんと立ち上がっていき
おそるおそる服を脱ぎはじめて

3

君はしばらく
僕はようやく

大人をやめて
家に　帰って

おぎゃーと泣いて
乳房をつかむ

4

イチゴはあどけない
スイカはふてぶてしい
バナナはのんきにしている
そんなことを

感じざるを得ない
感じなければ
果物屋はつとまらない

5

油断ならない奴が
目の前に腰を下ろしてあぐらをかいた
ふところからハイライトを取り出して
目を細めて喫った

日露戦争の話をはじめた
たくさんの手柄を立てたそうな

6

ことあるごとに
ステッキを振り回した
熱海や伊香保では
下駄をつっかけて
乾いた音を立てながら夜の闇を突っ切った
嘘をついた
喧嘩もした
そうして　先生は
威張ったまま
東京に帰っていった

7

「おサカナさん」と　敬語で呼ばれて
店頭で眼を剝いている

愛敬はあっても
味が良くない

いくら飢えたって
誰が食うものか

ついに閉店だ
清掃が始まる

8

お二人に知らせてあげてください
教会は明後日に　爆破されますと
ですから他の所を今から捜すよう
すでに届いている招待状は破ってちょうだいねと
あちらこちらに電話をかけるよう

9

お気に入りの服に
ポケットを付ける

どんどん　付ける
どんどん　入れる

忠告に耳を塞いで　つまらないものを
片っ端から入れる

どんどん　イカス
どんどん　ヒカル

桜の樹の下で

1

短かいスカートが流行っているとか
どこの新聞にもそう書いてあるとか
双眼鏡を片手に屋上へと駆けのぼる
息がゼイゼイ

2

学級委員長の
スカートをめくったら
諸悪の根源がなかった
百萬弗がなかった
先生に告げ口をした
先生は　涙を流した

3

人生が続くと
ひと波乱がやって来る
それが解決すると
桜吹雪舞い散る　小径にて
甘酒が飲みたい
団子はまだか

4

クルマにひかれて　病室に運ばれる。
だんだんと傷口は塞がっていって
妹のような看護師さんが開けてくれた窓からは
焼き芋の匂いなどが忍び込んでくるのだが
退院できるのかどうかは
自分では決められない。

5

自己紹介の途中で
さりげない嘘に気づく

本人は立ち尽くす
他人たちは顔を見合わせる

乾いた風が入って
カーテンを揺らす

もうすぐだ
もうすぐで　我を忘れる

6

売春婦たちが売春をする
安心だ

川は逆流しないし
総理大臣は良いことをしない

本日も安心だ
スーパーマーケットに新しい米が積み上げられる

くりっとした目の坊やといえば
時折　残酷でもある

7

生れついて狂暴だった　甥っ子は
長じて
ますます戦闘的になったのでした

学校や会社や家庭を
破壊したのでありました

こうして　仏さんになってからも
墓石を破壊し
地獄と極楽も破壊するのだろうと
親族一同は固くそう信じて疑わない次第なのであります

8

スクーターが坊主に似合うように
ジェリーには　トムがよく似合う
「仲良く喧嘩した」とは
予定調和のことだろう　しかし
油断するな
話は　来週へと続く

9

選ばれたヒロ君を除いて
皆が
敗者
三月の三十三日を迎えて
桜の樹の下で　皆はお揃いの弁当を広げて
歌って踊って

うんこちんこまんこ

1

ふたことめにはお金がお金がとばかり言うひと
ひとことめをいまだに発していないひと

黙って麦藁帽子をかぶって朝から晩まで池で釣糸を垂らしているひと
急激な階段を昇るひと

2

言葉を覚えてからほどなくして
子どもたちは汚い言葉ばかりを唱え始める
うんこちんこまんこと唱えながら
子どもたちは母さんにお尻を叩かれながら
目を閉じて
ああぼくはこれまでに幾度となく生まれてきたんだなあ

3

夫の
横顔を嫌う　新妻の
むちむちとはち切れんばかりの膝をつねる　姑の

4

自転車を組み立てるつもり
やっぱりやめた

東京へ行きたい
都合が悪い

手術を受けようか
雷が落ちる

引き出しのなかにはおいしそうな手紙の山
貪欲な山羊が狙っている

5

どうしてあんな残酷な夢を見たのだろう
あの人は恩人だったはずなのに
尊敬しているものを傷つけずにはおれない　ぼくがいる
みごとな雪景色に反対するように

6

軽石の三個
鉄は綿で充満している
燃やせば

宿題が出る
ムツカシイ宿題
眉間にしわを寄せている　苦学生
許さへん

7

電気の発達で

電気仕掛けのプリン（おいしい）
電気仕掛けのご挨拶（すばやい）

電気に抵抗する伝統主義者たち
目を光らせる政府

宿題が終わらない　電気
友だちのできない　電気

8

伊豆を
踊り子が訪れた
ときをおなじくして

江戸で狡い老人の首が刎ねられた
パリの寺院で鐘の音が鳴り響いた
ときをおなじくして

誰もが
退屈している

9

嘘でも本当でもない言葉を捜してドライブ中
見つけ次第　帰ってくるからという手紙の嘘

青春の嘘
手に取ってみたら溶けた

巨人ノ星タチ

1

チューターがダマテンで役満を上がる
イッテツが雀卓をひっくり返す
ミツルがヘアーをリキッドする
イッテツが雀卓をひっくり返す
ヒューマはアスファルトの道の上を走っている
アキコがとても熱いお茶をお盆にのせて運んでくる
イッテツが雀卓をひっくり返す
ホーサクが故郷で暮らす兄弟姉妹のことを自慢する
イッテツが雀卓をひっくり返す
ヒューマは鉄の下駄を脱ぎ捨てて裸足で走っている
シンゾーが寝言を並べる
イッテツが国会議事堂をひっくり返す
シェークスピアがたったの十秒で起承を転結させる
イッテツが日生劇場をひっくり返す
ヒューマは都会の夜明けを走っている

オンナは男になる
イッテツがひっくり返そうかどうか思案しはじめる
盗んだ手紙を
返そうかどうか
ヒューマは足を止めた
星の命は一億年
長い寿命だが　限りはある

2

花火は　文字にさえすれば
どっかん　どっかん
あの夏の夜に君のほっぺに貼りついた　どっかんが
明日　家出する

3

すべきなのか
してはいけないのか
する資格などないのかもしれぬ
してみて何になるのかとも
それじゃあ
どうするのかといえば
ただ
するよね
もうギンギンにしてしまっているよね

4

とっておきの石鹼で洗えば
いつでも
なんでも　新しくなる
五十年前にもらった嫁さんだって
ポケットのなかで粉々に砕けたビスケットだって
遺言、伝言、注意書き、ラヴレターにおけるラヴ
伊藤博文の暗殺記事
上野駅の
赤レンガ　だって

5

次の
日曜日に雨が降れば遠足はとりやめになるという
各々の小学校が抱えている具体的な問題
椅子と机とが
そこに並んでいる

6

先生　さようならと
ぼくは心をこめて挨拶をおくる

何も語らずに　先生は
わんわんと泣くばかり　その足下を
焼き芋屋がリヤカーを引いて革命のように横切る
電車も走る

世界とは
大きな音　のこと

7 風前の灯

ダムの水
扉をノックするこぶし
感情
模擬テスト

8

三百年前の流行歌が
商店街から聞こえてきて
ボク的にはふたたび流行ろうとしている
いかにも
世間知らずが喜びそうなメロディを
ふんふんと
鼻先にてぶら下げてみれば
電車のなかでふんぞり返って座っている　ぼくの周りは
痩せた女子高生でいっぱい
昨今のいじめは激烈を極めるとの報道もあるが
幸せなのかな
トンネルを抜けて
いきなり海に出る
魚を釣り上げる人のかたわらに　人によって釣り上げられる魚
幸せとは何のことなのだろうか

9

むすんでひらいて
辞書を引いて悩んで
問題を起こして自分で罰してみて
友だちのひとりひとりに電話をかけて汗をかいてみて

神尾和寿　かみお・かずとし

一九五八年生まれ

詩集

『神聖である』一九八四年・文童社

『水銀 109』一九九〇年・白地社

『モンローな夜』一九九七年・思潮社

『七福神通り―歴史上の人物―』二〇〇三年・思潮社

『地上のメニュー』二〇一〇年・砂子屋書房

『現代詩人文庫・神尾和寿詩集』二〇一一年・砂子屋書房

『アオキ』二〇一六年・編集工房ノア

巨人《きょじん》ノ星《ほし》タチ

著者
神尾《かみお》和寿《かずとし》
発行者
小田啓之
発行所
株式会社 思潮社
〒一六二―〇八四二 東京都新宿区市谷砂土原町三―十五
電話〇三（五八〇五）七五〇一（営業）
〇三（三二六七）八一四一（編集）
印刷・製本
三報社印刷株式会社
発行日
二〇二三年六月二十五日